AF382251

Analyse d'œuvre

Rédigé par Bartleby Bazlen

Sous la direction de Karine Vallet

Les Justes

d'Albert Camus

ALBERT CAMUS

- **Né en 1913 en Algérie**
- **Mort en 1960 à Villeblevin (France)**
- **Quelques-unes de ses œuvres :**
  - *L'Étranger* (roman, 1942)
  - *Le Mythe de Sisyphe* (essai, 1942)
  - *L'Homme révolté* (essai, 1951)

> « Ainsi, parti de l'absurde, il n'est pas possible de vivre la révolte sans aboutir en quelque point que ce soit à une expérience de l'amour qui reste à définir. » (CAMUS (Albert), *Œuvres complètes*, tome II, p. 1008)

Né un an avant le début de la Première Guerre mondiale, résistant lors de la Seconde Guerre mondiale, Albert Camus voit sa vie et son œuvre profondément marquées par ces deux conflits. Romancier, essayiste, journaliste, dramaturge, il s'essaie à tous les genres, le plus souvent avec succès.

Son œuvre est composée de trois cycles, chacun illustrant ses différents engagements politiques. Le premier est celui de l'absurde, qu'il théorise comme personne avant lui et qu'il lie avec in-géniosité au nihilisme, concept inventé en 1862 par l'écrivain russe Ivan Tourgueniev (1818-1883). *L'Étranger* et *Le Mythe de Sisyphe*, qui voient le jour durant la Seconde Guerre mondiale, constituent les deux ouvrages les plus connus de ce cycle. Vient ensuite le cycle de la révolte, à la fin des années 1940, dont les ouvrages principaux sont *La Peste*, *L'Homme révolté*, mais aussi *Les Justes*. Après avoir reçu le prix Nobel en 1957, Camus se retire dans le Vaucluse pour se consacrer à la poésie et à l'écriture de son roman autobiographique, *Le Premier Homme*, ce dernier appartenant au troisième et dernier cycle de son œuvre, celui de l'amour. Il meurt hélas prématu-rément dans un accident de voiture en 1960, ce qui l'empêche d'achever son ouvrage.

S'il n'appartient à aucune école, Camus est, après la Seconde Guerre mondiale, proche de Sartre (écrivain et philosophe, 1905-1980) et des sur-réalistes, et ce jusqu'à la parution, en 1949 et en 1951, des *Justes* et de *L'Homme révolté*, œuvres qui le sépareront tant du philosophe existentialiste que du groupe poético-révolutionnaire d'André Breton (écrivain, 1896-1966) et de Paul Éluard (poète, 1895-1952).

LES JUSTES

- **Genre :** pièce de théâtre
- **1ʳᵉ édition :** 1949
- **Édition de référence :** *Les Justes*, Paris, Gallimard, coll. « Folioplus classiques », 2010
- **Personnages principaux :**
  - Ivan Kaliayev (Yanek), le personnage principal dans le rôle du révolutionnaire idéaliste
  - Dora Doulebov, la seule femme du groupe, protectrice de chacun et amoureuse d'Ivan
  - Stepan Fedorov, le militant révolutionnaire rigoriste
  - Boris Annenkov, le chef de l'Organisation, médiateur entre les différents personnages en présence
  - Skouratov, le directeur du département de police
  - la grande-duchesse, veuve du grand-duc assassiné
- **Thématiques principales :** la dénonciation de la terreur et des totalitarismes, l'absurde et la révolte, l'inadéquation entre l'amour et la quête de justice à travers le combat politique

Mise en scène pour la première fois au théâtre Hébertot en décembre 1949, *Les Justes* est une pièce de théâtre reposant sur des événements et des personnages historiques. Relatant un fragment de la Révolution russe de 1905, cette œuvre de Camus est directement inspirée du livre de Boris Savinkov (écrivain et révolutionnaire, 1879-1925), *Souvenirs d'un terroriste*. Elle répond en outre à une autre pièce parue l'année précédente, *Les Mains sales* de Jean-Paul Sartre, racontant comment un groupe de révolutionnaires socialistes cherche à assassiner un traître du Parti.

Les Justes est essentielle dans l'œuvre de Camus parce qu'elle est à la croisée des chemins de ses trois cycles. En effet, cette pièce a l'avantage de présenter à la fois plusieurs visages de l'absurde, mais aussi de nuancer différentes formes de révolte, ainsi que diverses manières d'aimer. Il s'agit donc d'un livre charnière, tant par la multiplicité de sens qu'il offre – son ambiguïté voulue – que par la richesse et la diversité des thèmes abordés. Cette œuvre laisse finalement plus de questions que de réponses, principe classique de tout philosophe, ce qui sera critiqué par de nombreux spécialistes qui voient là « un théâtre d'idées au dépouillement excessif » (DOUDET (Sophie), « Le Texte en perspective », in *Les Justes*, p. 111).

LA VIE D'ALBERT CAMUS

| Albert Camus en 1957

UNE ENFANCE DIFFICILE

Né le 7 novembre 1913 en Algérie, à Mondovi, Albert Camus ne connaîtra jamais son père Lucien. Ce dernier, mobilisé lors de la Première Guerre mondiale, est grièvement blessé lors de la bataille de la Marne et meurt à l'hôpital Saint-Brieuc à l'âge de 28 ans. Étant donné que sa mère, Catherine Sintès, est analphabète et accaparée par les ménages qu'elle effectue, il est principalement éduqué par sa grand-mère et par son oncle, à Belcourt, un quartier pauvre d'Alger.

Mais comment ce petit être, apparemment défavorisé, va-t-il devenir l'un des plus importants écrivains et philosophes du XXe siècle ? Sans doute grâce à M. Germain, son instituteur, qui croit très tôt en lui et l'aide, alors qu'il n'a que 10 ans, à obtenir une bourse lui permettant de poursuivre ses études au renommé lycée Bugeaud. Sans doute aussi grâce à Jean Grenier, ce professeur qui lui donne le goût de la philosophie. Camus leur vouera une reconnaissance sans faille tout au long de sa vie et rendra même hommage à son ancien instituteur lors de la réception de son prix Nobel.

Seulement, ces deux excellents professeurs ne suffisent pas à expliquer l'évolution exceptionnelle du jeune Camus. Ce qu'il y a de rarissime chez lui est sans doute son puissant désir d'apprendre, là où la plupart des jeunes, par paresse ou mimétisme, n'apprennent que le strict minimum de manière empressée, juste pour réussir. Il s'agit aussi de volonté et de courage, qualités le plus souvent renforcées chez ceux qui luttent dès leur plus jeune âge, comme c'est le cas pour Albert Camus.

DÉCOUVERTE D'UNE VOCATION

Camus obtient ensuite, aisément, un diplôme d'études supérieures en Lettres, section philosophie. C'est alors qu'il est touché par la tuberculose, ce qui l'empêche de s'inscrire pour l'agrégation et, par conséquent, de devenir professeur. La mort prématurée de son père, le travail précaire de sa mère, cette maladie qui le frappe à présent au seuil de l'âge adulte sont autant d'événements qui le poussent très tôt à considérer la vie comme injuste et, corollairement, à ne pas croire en Dieu.

Mais au lieu de se plaindre et de se morfondre, il vit pleinement, en prenant des risques et se remettant sans cesse en question : il crée la maison de la culture d'Alger, puis une troupe de théâtre, il se marie puis divorce, il adhère au Parti communiste, puis démissionne.

Parallèlement aux différents métiers qu'il exerce, il se lance dans l'écriture avec des camarades de l'université et leur premier texte, *Révolte dans les Asturies* (1936), lui accordera pour toujours la réputation d'écrivain engagé.

DÉPART PRÉCIPITÉ VERS LA FRANCE

Il travaille comme journaliste à Alger républicain où il écrit « Misère de la Kabylie », un article très engagé interdit par les autorités qui l'inciteront à quitter le pays. Il se retrouvera par conséquent en France... en 1940.

D'abord secrétaire de rédaction à *Paris-Soir*, il écrit durant cette période deux de ses ouvrages les plus connus, à savoir *L'Étranger* et *Le Mythe de Sisyphe*. Est-ce la guerre qui l'inspire, ou les moments de crise historique comme bon nombre de grands créateurs ? Quoi qu'il en soit, il entre très tôt dans la Résistance, principalement dans la presse clandestine. Alors qu'il se lie d'amitié avec plusieurs auteurs français dont Malraux (écrivain et homme politique, 1901-1976), c'est grâce à ce dernier que *L'Étranger* est publié par Gallimard dès 1942, tout comme *Le Mythe de Sisyphe*. C'est à cette époque qu'il écrit aussi ses deux premières pièces, *Le Malentendu* et *Caligula*, ces quatre livres formant ce que l'on appelle le cycle de l'absurde.

L'APRÈS-GUERRE

Après la guerre, Camus est l'un des rares intellectuels européens à dénoncer l'usage de la bombe atomique, et ce dès le lendemain du bombardement d'Hiroshima. En mai 1945, il s'insurge également contre les massacres de Sétif, répressions meurtrières par l'armée française d'émeutes nationalistes et anticolonialistes dans le département du Constantinois, en Algérie.

Devenu pendant la guerre codirecteur de la revue *Combat*, il écrit de plus en plus d'articles contestataires. Mais il est contraint de démissionner suite à un conflit avec ses collègues autour des événements de Madagascar, en 1947 : le comportement de l'armée française qui réprime violemment la révolte populaire qui y fait rage est aussitôt comparé par Albert Camus à celui de l'armée allemande en France occupée. Il cesse alors son activité de journaliste, mais continue de lutter et d'écrire. Il publie *La Peste*, *L'État de siège*, *L'Homme révolté* et *Les Justes*, ces quatre livres formant ce qu'on a coutume d'appeler le cycle de la révolte. C'est ainsi qu'en 1952 se produit la séparation avec les existentialistes et leur revue *Les Temps modernes*, Sartre et son école lui reprochant principalement sa vision de la révolte, qu'ils vont même jusqu'à appeler « révolte statique ».

En janvier 1956 à Alger, Camus lance un appel pour la trêve civile, qui lui vaudra tant la haine des défenseurs de la colonisation que les reproches de nombreux militants algériens. S'il souhaite bien entendu la paix et la justice pour tous, autrement dit l'indépendance de son pays, il refusera toujours les attentats et, par extension, toute forme d'assassinat politique. La même année, il démissionne de l'UNESCO pour protester contre l'admission du dictateur espagnol, Franco (1892-1975).

UNE VIEILLESSE AVORTÉE

Le prix Nobel lui est accordé le 16 octobre 1957 pour l'ensemble de son œuvre. Grâce au chèque qu'il reçoit, il s'achète en 1958 une maison à Lourmarin, dans le Vaucluse, région où son amitié avec le poète René Char (1907-1988) deviendra encore plus profonde. Malheureusement, le 4 janvier 1960, Camus meurt dans un accident de la route, alors qu'il est en voiture avec son ami Michel Gallimard, le neveu de l'éditeur renommé, Gaston Gallimard.

Diverses hypothèses circulent alors : certains parlent de vitesse excessive, d'autres d'un malaise qu'aurait eu le conducteur. D'autres encore soupçonneront un assassinat des services secrets russes (le KGB), l'URSS reprochant à Camus un article de 1957 où il critiquait la répression de l'insurrection de Budapest. À ce jour, aucune de ces causes n'est certaine ; seule demeure l'injustice d'une fin si soudaine.

RÉSUMÉ DES *JUSTES*

Les Justes est un drame politique retraçant deux tentatives d'assassinat du grand-duc Serge (1857-1905), oncle du tsar Nicolas II (1868-1918) et gouverneur de Moscou, en 1905. Cette pièce appartient, par conséquent, au deuxième cycle des œuvres de Camus, celui de la révolte, au même titre que *La Peste* (1947) et *L'Homme révolté* (1951).

LE TERRORISME, À QUEL PRIX ?

Se déroulant essentiellement, excepté lors de l'acte IV, au sein de l'appartement des résistants socialistes où règne un climat de clandestinité pour le moins exceptionnel, la pièce s'ouvre sur l'arrivée de Stepan, fraîchement évadé du bagne où il a passé trois ans. Annenkov, le chef, et deux autres révolutionnaires, Dora et Voinov, lui fournissent aussitôt les menus détails du complot projeté contre le grand-duc Serge. C'est alors que survient Ivan Kaliayev, surnommé Yanek ou le Poète, dont le rôle est de lancer la bombe.

La confrontation avec Stepan est quasi instantanée : ce dernier, inébranlable et avide d'action, manifeste d'emblée son mépris à l'égard de Kaliayev, dont la légèreté d'esprit va à l'encontre de ses principes et du sérieux avec lequel il envisage, pour sa part, la lutte. Quand Stepan apprend que la mission de tuer le grand-duc a été confiée à Yanek, il se montre dubitatif. Affecté par ce manque de confiance, le Poète est envahi par le doute. Mais Dora, qui est amoureuse de lui, parvient à le rassurer.

Au début du deuxième acte, la tension est à son comble et l'attentat imminent. C'est avec fébrilité qu'Annenkov et Dora surveillent le déroulement de l'action depuis la fenêtre de l'immeuble. Mais alors qu'ils attendent la détonation de la bombe, rien ne se produit. Quelques instants après, Voinov surgit en catastrophe dans l'appartement, puis Kaliayev, complètement décomposé. Ce dernier, en effet, n'a pas pu se résigner à lancer la bombe parce que des enfants accompagnaient le grand-duc dans la calèche.

Si Stepan, pour qui un ordre est un ordre, ne cesse de le lui reprocher (« l'Organisation t'avait commandé de tuer le grand-duc », p. 34), Dora et

Annenkov prennent sa défense : « J'aurais reculé, comme Yanek. Puis-je conseiller aux autres ce que moi-même je ne pourrais pas faire ? » (p. 35), déclare la jeune femme. Stepan leur rétorque qu'ils ne croient pas à la révolution, tandis que Kaliayev invoque l'honneur. La rupture est consommée entre les deux hommes : « L'honneur est un luxe réservé à ceux qui ont des calèches » (p. 39) fait remarquer Stepan ; « Il est la dernière richesse du pauvre » conclut Kaliayev, celle-là même pour laquelle « nous acceptons de mourir » (*Ibid.*).

UNE SECONDE CHANCE ?

Alors que les révolutionnaires s'apprêtent à commettre le nouvel attentat, Voinov voit sa volonté faiblir et n'a plus le courage de lancer la seconde bombe. Il ne se sent tout simplement pas l'âme d'un terroriste et préfère continuer la lutte autrement. Il en informe Annenkov qui y voit l'occasion pour lui de prendre sa place et d'être enfin sur la ligne de front, comme il en rêve depuis longtemps.

Rongé par le remords de l'échec et le sentiment d'être responsable de la défaillance de Voinov, Yanek est fermement décidé à accomplir sa mission jusqu'au bout. Mais l'exaltation du premier acte a fait place à une profonde tristesse. Conscients du caractère désespéré et irrévocable de la situation, Dora et Kaliayev se laissent aller à exprimer leur amour l'un pour l'autre, mais le jeune homme prend peur : « Tais-toi. Mon cœur ne me parle que de toi. Mais tout à l'heure, je ne devrai pas trembler. » (p. 50)

LA MORT, SEULE ISSUE POSSIBLE

À l'acte IV, changement de décor : Kaliayev est enfermé à la prison de Boutirki suite à l'assassinat du grand-duc. Il y rencontre Foka, homme misérable qui nettoie les cellules et fait aussi office de bourreau. Le Poète lui explique l'acte qu'il a commis au nom du peuple russe. La désillusion est grande : Foka reste sourd à ses convictions et ses idéaux révolutionnaires. Skouratov, le directeur du département de police, propose ensuite à Kaliayev d'être gracié s'il dénonce ses camarades. Yanek refuse catégoriquement, il veut mourir pour sa cause : « Je suis prêt à payer ce qu'il faut. » (p. 59) Dernière tentative pour le faire plier : Skouratov introduit la grande-duchesse, veuve du grand-duc Serge, qui ébranle quelque peu ses convictions en lui parlant de Dieu. En dernier recours, le chef de la police menace Kaliayev de salir son honneur en publiant dans les journaux ses aveux et son repentir pour l'acte qu'il a commis.

Après la pendaison de Kaliayev, vivre devient pour Dora une torture. Elle supplie Annenkov de lui laisser lancer la prochaine bombe et rejoindre ainsi son aimé dans la mort. Sur les encouragements de Stepan et de Voinov, le chef finit par accepter. Cette fin qui clôt l'acte V illustre la puissance de la citation de Roméo et Juliette placée en exergue : « *O love! O life! Not life but love in death* » (« Ô amour ! Ô vie ! Non pas la vie, mais l'amour dans la mort »).

L'ŒUVRE EN CONTEXTE

LA FIN DE LA SECONDE GUERRE MONDIALE ET LA GUERRE FROIDE

Camus écrit vraisemblablement *Les Justes* en 1948-1949, parallèlement à *L'Homme révolté*. Si la Seconde Guerre mondiale vient de s'achever, l'alliance entre les vainqueurs est brisée, principalement suite au refus de Staline (homme d'État soviétique, 1878-1953) d'organiser des élections libres en Pologne. C'est le début de la guerre froide : la planète est divisée en deux, et chaque pays doit choisir son camp entre les deux superpuissances idéologico-militaires que sont les États-Unis et l'Union soviétique. La tension est à son comble. Le président américain Truman (1884-1972) décide en effet d'endiguer l'expansion soviétique en lançant en 1947 la doctrine du *containment* (programme destiné à apporter une aide militaire et financière aux nations menacées par le développement soviétique) et décide l'année suivante, à travers le plan Marshall, de soutenir « les pays libres » d'Europe en leur donnant de l'argent pour se reconstruire.

Au niveau mondial, les troupes françaises oc-
cupent l'Indochine, un coup d'État soviétique
se produit à Prague en 1948, la guerre de Corée
débute en 1950 suite au ralliement de la Chine
au bloc soviétique. Cette période est également
connue pour être celle de la course aux arme-
ments et à la conquête spatiale, les deux grandes
puissances ne cessant d'innover pour dépasser
leur rival, politique de la surenchère visant, selon
la version officielle, à dissuader l'ennemi. C'est
dans ce contexte que la Russie se dote, elle aussi,
de l'arme nucléaire dès 1949.

Camus, comme de nombreux intellectuels français dont Sartre et Breton, suit une autre voie
que l'on pourrait qualifier d'antiaméricanisme
anticommuniste. Considérant que la démocratie
comme le communisme ne tiennent pas leurs
promesses et n'honorent pas les valeurs qu'ils
sont censés défendre, il s'agit pour lui de lutter
contre les deux blocs, à tout le moins de dénoncer leurs nombreux crimes, ainsi que la logique
aberrante dans laquelle ils se sont empêtrés.

L'ESSOR D'UNE LITTÉRATURE ENGAGÉE

Cette division du monde en deux empires luttant l'un contre l'autre fait naître la figure de l'intellectuel engagé. À la fin du XIXe siècle et au début du XXe siècle, de nombreux romanciers et philosophes se mettent déjà à écrire des chroniques, tant dans des revues que dans les journaux de leur époque. Cette pratique se généralise après la Première Guerre mondiale, avec des écrivains comme Thomas Mann (1875-1955) et Walter Benjamin (1892-1940) en Allemagne, Marcel Proust (1871-1922) et André Malraux (1901-1976) en France, Gabriele D'Annunzio (1863-1938) et Dino Buzzati (1906-1972) en Italie, George Orwell (1903-1950) en Grande-Bretagne et Ernest Hemingway (1899-1961) aux États-Unis, pour ne citer que les plus connus.

Alors que dans les années 1930, le roman américain, de Steinbeck (écrivain, 1902-1968) à Faulkner (écrivain, 1897-1962), enthousiasme les écrivains de l'Hexagone, le contexte politique international fait entrer la littérature française dans une nouvelle ère, celle d'une écriture engagée et parfois journalistique, qui prend ses racines dans les événements précédant la Seconde Guerre mondiale et se poursuivra au-delà. Ainsi, quatre mois après avoir écrit un article sur la guerre d'Espagne pour saluer les actions de la Pasionaria (militante communiste espagnole, 1895-1989) en février 1939, Camus dénonce la situation économico-politique en Kabylie :

> « Dans une des régions les plus attirantes du monde, un peuple entier souffre de la faim et les trois quarts de ces hommes vivent de charités administratives. Ces hommes, qui ont vécu dans les lois d'une démocratie plus totale que la nôtre, se survivent dans un dénuement matériel que les esclaves ne connaissaient pas. » (CAMUS (Albert), « La Grèce en haillons », in *Alger républicain*, 5 juin 1939)

Avec le grand conflit mondial qui approche, cette écriture engagée, parfois contestable et controversée, auréolera certains auteurs d'une triste postérité. Ainsi, Drieu La Rochelle (1893-1945), Brasillach (1909-1945) et Céline (1894-1961) se laissent fasciner par le fascisme. Mais dans la grande majorité, c'est une littérature de combat contre ces idéologies qui émerge. En 1942, Vercors (écrivain, 1902-1991) publie clandestinement *Le Silence de la mer* grâce aux toutes jeunes Éditions de Minuit, tout en participant à la Résistance, tandis que Saint-Exupéry (aviateur et écrivain, 1900-1944) et Malraux se battent dans les rangs de l'armée et que le poème « Liberté » d'Éluard est parachuté comme un tract en zone occupée.

L'intellectuel engagé est avant tout celui qui dénonce pour inviter ses lecteurs à prendre conscience d'une injustice, mais il est aussi parfois celui qui, par ses mots, proteste, conteste et invite par là même à agir. En atteste cet extrait d'un article de janvier 1940, où Camus se permet de rappeler aux hommes qu'ils ont un devoir de résistance chaque fois que leur dignité est menacée :

> « S'il est vrai qu'oublier est un peu consentir, alors ne nous endormons pas. Veillons à tous les moments, ne détournons pas nos yeux de cette amère réalité qui nous dépasse et écrase. C'est en cela que nous accomplirons notre devoir d'hommes et que nous sauverons peut-être ce qui est terriblement menacé. Il fut une nuit dans l'humanité où un homme chargé de

tout son destin regarda ses compagnons dans le sommeil et seul dans un monde silencieux déclara qu'il ne fallait pas s'endormir et veiller jusqu'à la fin des temps. Ces temps sont encore les nôtres. Ils n'ont jamais été plus amers et plus durs à l'individu isolé. Mais la seule grandeur de l'homme est de lutter contre ce qui le dépasse. » (CAMUS (Albert), « Ne pas s'endormir et veiller jusqu'à la fin des temps », in *Le Soir républicain*, 1er janvier 1940)

Pendant et après la Seconde Guerre mondiale, Camus continue à écrire des textes politiques. Juste après la libération de Paris, son article intitulé « Le Temps du mépris », publié dans la revue *Combat* le 30 août 1944, insiste sur la destruction des âmes et des corps perpétrée par les Allemands :

« Qui oserait parler ici de pardon ? Puisque l'esprit a enfin compris qu'il ne pouvait vaincre l'épée que par l'épée, puisqu'il a pris les armes et atteint la victoire, qui voudrait lui demander d'oublier ? Ce n'est pas la haine qui parlera demain, mais la justice elle-même, fondée sur la mémoire. Et c'est de la justice la plus éternelle et la plus sacrée, que de pardonner peut-être pour tous ceux d'entre nous qui sont morts sans avoir parlé, avec la paix supérieure d'un cœur qui n'a

> jamais trahi, mais de frapper terriblement pour les plus courageux d'entre nous dont on a fait des lâches en dégradant leur âme, et qui sont morts désespérés, emportant dans un cœur pour toujours ravagé leur haine des autres et leur mépris d'eux-mêmes. »

À compter de 1945, les écrivains créent de nouvelles revues pour exposer et défendre leur conception de la littérature et de son rôle, mais aussi proposer une réflexion sur l'actualité, qu'elle soit nationale ou internationale : *Les Temps modernes* voient le jour en octobre sous l'impulsion de Sartre ; Camus est à la tête de *Combat*, ce quotidien né de la Résistance. Si l'écrivain engagé qu'est ce dernier a protesté contre les guerres mondiales, l'engagement se poursuit aussi contre le capitalisme sauvage, contre le silence des hommes livrés à la fois aux machines et aux consignes partisanes (notamment dans « Le Siècle de la peur » publié dans *Combat* le 19 novembre 1946), contre la bombe atomique ou encore les victimes de Diên Biên Phu. Littérature et histoire, littérature et politique, ne font désormais plus qu'un.

LE PASSÉ COMME MIROIR DU PRÉSENT

En 1947, Camus sort donc à peine de la guerre et de la Résistance (les maquisards sont alors traités de terroristes), et trouve dans la Russie de 1905 un contexte adéquat pour parler de son temps, tant au niveau éthique que politique. Si pour sa pièce, le théoricien de l'absurde s'inspire particulièrement de l'attentat du grand-duc Serge (l'oncle du tsar) ayant eu lieu le 17 février, le règne du tsar Nicolas II qui subit de nombreuses autres contestations, du « Dimanche sanglant » (le 22 janvier 1905) au manifeste d'octobre qui scelle la révolution, sert aussi de toile de fond. Plus de 200 attentats sont en effet organisés sur ces dix mois, des dizaines d'émeutes se produisent, les premiers soviets ouvriers (organismes révolutionnaires) sont créés.

Parallèlement, ce qui passionne, voire fascine vraiment Camus, tout imprégné de ses lectures de Dostoïevski (romancier, 1821-1881) et de Savinkov, quant à la fin du XIXe siècle et au début de ce XXe siècle en Russie, c'est la mort héroïque de ces jeunes nihilistes russes, prêts à donner leur vie pour justifier leur crime ou, plus précisément, pour n'avoir plus à se justifier. « Nécessaire et inexcusable », tels sont ainsi les mots de l'auteur quand il commente les actions des héros de sa pièce.

ANALYSE DES PERSONNAGES

> « Stepan : Qu'importe que tu ne sois pas un justicier, si justice est faite, même par des assassins. Toi et moi ne sommes rien.
> Kaliayev : Nous sommes quelque chose et tu le sais bien puisque c'est au nom de ton orgueil que tu parles encore aujourd'hui. »
> (CAMUS (Albert), *Les Justes*, acte II, p. 38)

IVAN KALIAYEV, DIT LE POÈTE

Photographie du véritable Ivan Platonovitch Kaliayev (1877-1905) lors de son arrestation.

Yanek, diminutif d'Ivan Kaliayev, est en quelque sorte l'intellectuel du groupe, qui croit que la poésie est une arme. Bien qu'il s'agisse de l'homme responsable de l'attentat envers le grand-duc (tant dans la réalité que dans la fiction), il est le personnage masculin dont Camus se sent le plus proche, d'abord pour son amour de la vie et ses convictions profondément humanistes, ensuite parce qu'il est toujours plus fidèle à ses idéaux qu'à sa classe (Yanek est d'origine bourgeoise). S'il montre une immense ferveur, il est bien plus idéaliste qu'idéologue : « Je n'irai pas ajouter à l'injustice vivante pour une injustice morte. » (p. 39)

C'est pourquoi il est, avec Dora, le résistant le plus partagé entre la nécessité d'assassiner le grand-duc et le caractère inexcusable de tout meurtre. S'il est le personnage principal de la pièce, il est aussi celui qui assume et incarne les différents conflits auxquels conduit le projet d'attentat. Il est ainsi tiraillé entre la nécessité politique (« il faut tuer le despotisme », p. 28) et ses principes moraux (« je ne peux tuer des enfants », p. 34), entre la fidélité à l'avenir (« La Russie sera belle », p. 51) et l'honneur présent

(« si la révolution devait se séparer de l'honneur, je m'en détournerais », p. 39), entre le sérieux et le jeu, entre la révolution et l'amour (« C'est là notre part, l'amour est impossible », p. 50).

STEPAN L'AUTORITAIRE

Stepan Fedorov ne cesse de s'opposer à Yanek, et ce dès leur rencontre lors de laquelle il témoigne d'emblée de la méfiance à son égard. La pièce s'ouvre sur son arrivée parmi les siens : il vient en effet de s'évader d'un bagne où il a été enfermé pendant trois ans. Il est l'exact contraire de Yanek : il représente le type même du militant révolutionnaire rigoriste, celui qui pense détenir la vérité quant à l'essence de la justice et aux actions politiques nécessaires pour l'atteindre. Il dit n'avoir pas de sentiments et haïr les hommes : « Mais moi je n'aime rien et je hais, oui, je hais mes semblables » (p. 52) ; « Un vrai révolutionnaire ne peut s'aimer. » (p. 22)

Il incarne la force agissante, qui éteint en lui toute sensibilité et toute forme de compassion pour servir sa cause et parvenir à son but. Peu lui importe le présent, seul compte l'avenir de la révolution, quand bien même il faudrait tuer des innocents. À partir de là, il est assurément le personnage qui représente la maxime politique qu'on associe souvent à Machiavel (écrivain et homme politique, 1469-1527) : « La fin justifie les moyens. »

DORA OU LA COMPASSION INCARNÉE

Entre ces deux personnages, il y a Dora Doulebov, la seule femme du groupe, humaniste, tendre et courageuse, certainement porte-parole de Camus, directement inspirée de Dora Brilliant (révolutionnaire russe, 1880-1907) dont Boris Savinkov parle dans *Souvenirs d'un terroriste*. Si Yanek et Stepan ne cessent de discuter de leur vision du monde et de la légitimité de leurs actions, ils sont aussi tous les deux des amants de Dora, bien que fort différemment : Yanek est l'amour fou, vécu platoniquement et rendu impossible par la primauté du combat ; Stepan est l'amant du parti, plus proche de l'ami politique, qu'elle embrasse à la fin de l'acte III pour se réconforter. Mais comme Yanek, elle pense que « ceux qui aiment la justice n'ont pas droit à l'amour » (p. 47).

Si Dora est officiellement une sorte d'intendante (bien que le meurtre lui fasse horreur, c'est elle qui prépare les explosifs), on pourrait dire qu'elle est un peu, officieusement, la mère de chacun, la protectrice du groupe, celle qui est toujours à l'écoute des autres et apaise leurs doutes tout comme les siens : « J'ai appris à être calme au moment où j'ai le plus peur. » (p. 30) Si elle est le personnage qui fait le plus preuve de mesure (« Même dans la destruction, il y a un ordre, il y a des limites », p. 37), notion essentielle pour Camus non seulement en ce qui concerne la révolte, mais aussi dans la vie en général, il n'est sans doute pas exagéré d'affirmer qu'elle est la compassion incarnée, et ce jusque dans la mort.

BORIS ANNENKOV, LE CHEF DU GROUPE

Boris Annenkov, le chef de l'Organisation, est directement inspiré de l'auteur Boris Savinkov qui a lui-même été un révolutionnaire russe. Il a essentiellement un rôle de médiateur : autrement dit, il est toujours présent pour calmer les tensions et rappeler aux autres membres leur objectif principal. Il représente la force tranquille et fait preuve d'une conviction politique tellement grande qu'elle n'a même pas besoin de se justifier. Comme Stepan, il préférerait lancer la bombe, mais se doit de rester en retrait pour honorer ses responsabilités de chef. À l'instar de ses camarades, il a sacrifié ses joies individuelles pour se consacrer entièrement à sa cause : « J'ai aimé, mais il y a si longtemps que je ne m'en souviens plus. » (p. 75)

LE JEUNE ALEXIS VOINOV

Il y a enfin Alexis Voinov. Même s'il est le personnage résistant le moins présent, il a néanmoins une importance considérable. Il incarne, lors du premier acte, la figure du jeune homme de 20 ans, de l'étudiant fougueux qui ne doute jamais (il semble, avec Stepan, le plus déterminé). S'il affirme dès le début : « Je ne crains rien » (p. 18), cette posture changera au troisième acte, lorsque Kaliayev racontera pourquoi et comment il n'a pu lâcher la bombe lors de la première tentative d'attentat. « J'ai peur et j'ai honte d'avoir peur » (p. 43), confiera peu après Voinov à Annenkov. Le jeune homme perd effectivement toute force et demande à son chef la permission d'abandonner sa mission et quitter le groupe.

À ce titre, il est sans doute le personnage le plus proche du dernier Camus, celui qui s'est retiré à Lourmarin pour écrire de la poésie et *Le Premier homme*, livre resté inachevé. Si la vulnérabilité et la fragilité apparaissent souvent comme des défauts, il est impossible d'aimer sans elles, comme de se laisser radicalement bouleverser. Assumer ses faiblesses est une force, celle-là même qui permet au jeune Alexis d'être honnête avec lui-même, par conséquent de ne pas commettre le second attentat et de quitter ses camarades.

ANALYSE DES THÉMATIQUES

D'UNE TERREUR L'AUTRE : POLITIQUE CONTRE ÉTHIQUE ?

Les différents protagonistes de la pièce de Camus sont apparemment d'accord sur l'essentiel : il faut tuer le despotisme et « la Russie sera belle » (p. 51). L'injustice étant partout, il s'agit de la combattre. En même temps, nier tout ce qui est, la monarchie absolue, le consentement quotidien, et n'avoir rien d'autre à affirmer que son refus est une position extrêmement délicate. Le problème n'est pas tant, quoi qu'en disent la plupart des critiques, de savoir si la fin justifie les moyens que de savoir comment et jusqu'où on – ici, le groupe de résistants socialistes – peut user des mêmes moyens que son adversaire pour le vaincre.

Le dilemme est d'autant plus complexe que dès l'acte I, les questions morales ne cessent de se mêler aux questions politiques. Moralement, il est toujours possible de dire qu'un attentat incarne le mal parce qu'il implique un crime, ce dernier étant par essence mauvais, contre un ou plusieurs individus, comme le rappelle Dora à Kaliayev à la fin du premier acte : « Oh ! Yanek, il faut que tu saches, il faut que tu sois prévenu ! Un homme est un homme. » (p. 27) En revanche, politiquement, un attentat peut sembler nécessaire pour renverser un régime, à la fin du XIXe siècle comme au début du XXe siècle. C'est pourquoi Yanek met en avant ce que la jeune femme n'ignore pas, à savoir la position du groupe à l'égard du grand-duc : « Ce n'est pas lui que je tue, je tue le despotisme. » (p. 28)

L'Organisation est par conséquent favorable à l'assassinat du grand-duc Serge parce que, au début du moins, ses membres n'y perçoivent pas l'anéantissement d'un homme, mais bien celle d'un système. La conviction politique efface aisément, ici, la mort du grand-duc dans la mesure où celui-ci incarne la toute-puissance écrasant le peuple et symbolise le régime russe. Mais peut-on tuer deux enfants au nom d'une idée de la justice ? Pour Kaliayev, c'est impossible, l'honneur étant la figure de proue à laquelle il se rattache, alors que pour Stepan, c'est historiquement nécessaire et que, pour qu'il y ait révolution, il faut que des êtres meurent : « Parce que Yanek n'a pas tué ces deux-là, des milliers d'enfants russes mourront de faim pendant des années encore. » (p. 37)

D'où cette confrontation incessante entre Stepan l'autoritaire et Kaliayev le rêveur, entre ce qui est nécessaire pour la lutte des classes et ce qui est bien moralement, qui conduit à une oscillation permanente entre tragédie et drame politique. En effet, l'important désaccord entre Stepan et Yanek change radicalement le rapport de domination du politique sur l'éthique, d'abord parce qu'il révèle qu'il n'existe pas, aussi déplorable que cela puisse paraître, une idée pure de la justice. Ensuite et surtout parce qu'on découvre (en même temps qu'eux, c'est ce qui nous bouleverse) qu'ils ne sont même pas d'accord sur ce que recouvre le principe de justice, mais aussi sur ce que signifient l'honneur, la bonté, la beauté, autrement dit sur ce que serait une vie digne d'être vécue. C'est justement de cette divergence fondamentale que naît le drame, qui se traduit par le déchirement du collectif, ainsi que l'hésitation de Dora et de Voinov menant à l'abandon de ce dernier.

Stepan et Kaliayev ont donc deux visions de la justice radicalement différentes. Là où le premier se focalise sur la nécessité politique et l'avenir, et croit plus que jamais en la révolution, le second questionne la teneur morale de chacun de ses gestes, au point qu'on ne sait plus, finalement, s'il croit véritablement en la révolution. Cet écart provoque, chez les lecteurs plus que chez les protagonistes, jusqu'à une remise en cause de l'assassinat du grand-duc.

Au-delà de leur croyance commune en un avenir meilleur découlant de leurs actions (« Nous acceptons d'être criminels pour que la terre se couvre enfin d'innocents », p. 25), Stepan et Kaliayev ne se rejoignent que sur un point : ce qu'ils refusent, c'est-à-dire à peu près tout, et, cohérence parmi les paradoxes, jusqu'à leur propre vie.

DE L'ABSURDE À LA RÉVOLTE

> « L'absurde n'a de sens que dans la mesure où l'on n'y consent pas. » (CAMUS (Albert), *Le Mythe de Sisyphe*, p. 52)

Si l'absurde est l'absence de sens et de valeur, principalement due à la mort de Dieu, comment en sortir ? Première réponse : l'absurde ne peut être dit sans disparaître, il ne peut s'affirmer sans se détruire, comme le dit avec justesse Maurice Blanchot (écrivain français 1907-2003) dans *L'Entretien infini* : « Ce qui exclut toute valeur (l'absurde), devient, en s'affirmant, valeur, propose un jugement de valeur, échappe à l'absurde. » (*L'Entretien infini*, p. 265) Autrement dit, percevoir l'absence de sens revient à donner du sens, à tout le moins un sens, une direction : le système-monde est injuste, cruel, a perdu ses valeurs ; il s'agit par conséquent de lutter, de se révolter pour qu'il y ait plus de justice, pour qu'il y ait de nouvelles valeurs. Mais que se passe-t-il si la révolte échoue ? L'absurde ne réapparaîtrait-il pas aussitôt ? Est-ce que la révolte camusienne, cette pleine conscience de la condition humaine – je me révolte, donc nous sommes – n'est pas qu'un moyen temporaire – parce qu'il faut vivre malgré tout – d'oublier l'absurde ?

L'absurde, dans *Les Justes*, est principalement représenté par les révolutionnaires de l'Organisation, par la confrontation entre leur cri et le silence déraisonnable du monde, entre leur désir de propager une vie plus juste et leur acceptation du sacrifice. Ils vont au-devant de la mort dans le présent pour un avenir qu'ils espèrent meilleur. L'absurde ne réside-t-il pas d'ailleurs dans le simple fait que la lutte est illusoire ? Le peuple pour qui l'Organisation agit ne comprend pas qu'on puisse commettre un attentat contre le grand-duc.

Le dialogue entre Foka et Yanek est à cet égard révélateur. Peut-il, en effet, y avoir plus de distance entre deux êtres ? Alors que Kaliayev explique qu'il a tué pour délivrer le peuple, Foka n'arrive pas à imaginer qu'un barine (un bourgeois) puisse être socialiste révolutionnaire et vouloir se sacrifier en assassinant le grand-duc : « En voilà une histoire. Et qu'avais-tu besoin d'être comme tu dis ? Tu n'avais qu'à rester tranquille et tout allait pour le mieux. La terre est faite pour les barines. » (p. 56) Yanek (et par là même tous les révolutionnaires du Parti) reste donc désespérément seul avec la grandeur de ses convictions.

Il faut rappeler ici que, pour Camus, une œuvre absurde ne fournit pas de réponse absolue, elle est avant tout contradiction. Par conséquent, même si la révolte échoue, elle fait progresser le monde sur le plan humain, elle fait progresser l'humanité principalement en tant qu'exemple à suivre. Une question demeure : que peuvent des millions d'êtres révoltés, mais séparés, contre les plus grandes injustices ?

La perception de l'absurde conduit certes à la révolte, mais une révolte qui ne bouleverse pas sérieusement le monde se décompose le plus souvent dans l'absurde. À partir de là, de nouvelles questions apparaissent, qui ne peuvent qu'en faire naître d'autres : peut-on se révolter seul ou faut-il s'organiser à plusieurs pour ébranler quelque peu le pouvoir ? La révolte sauve-t-elle du nihilisme ? S'agit-il de croire pour se révolter ? Comment éviter que la révolte ne mène à la mort, cet autre visage de l'absurde ? Autant de questionnements, philosophiques mais aussi existentiels, qui parcourent la pièce de bout en bout.

ABSURDE ET HISTOIRE

« Chaque génération, sans doute, se croit vouée à refaire le monde. La mienne sait pourtant qu'elle ne le refera pas. Mais sa tâche est peut-être plus grande. Elle consiste à empêcher que le monde ne se défasse. Héritière d'une histoire corrompue où se mêlent les révolutions déchues, les techniques devenues folles, les dieux morts et les idéologies exténuées, où de médiocres pouvoirs peuvent aujourd'hui tout détruire mais ne savent plus convaincre, où l'intelligence s'est abaissée jusqu'à se faire la servante de la haine et de l'oppression, cette génération a dû, en elle-même et autour d'elle, restaurer, à partir de ses seules négations, un peu de ce qui fait la dignité de vivre et de mourir. » (CAMUS (Albert), *Discours de Suède (discours de réception du prix Nobel de littérature)*, Stockholm, 10 décembre 1957)

Le cycle de la révolte, auquel appartient la pièce de Camus, dessine avant tout une révolte contre le pouvoir de mort qu'est devenue l'histoire. Les violences extrêmes du XIXe siècle perdent en effet leur qualificatif après la première moitié du XXe siècle qui entre dans la nuit de l'histoire, celle de la banalisation du crime à grande échelle. Tous les moyens sont permis pour tuer, qui plus est, à distance : crimes par procuration où le comman-ditaire, qu'il soit nazi, bolchevique ou « allié », n'appartient en rien à l'action et n'a même plus à se risquer sur le terrain. Des chambres à gaz aux goulags, de Nagasaki à Hiroshima (villes japonaises dévastées par la bombe atomique en 1945), l'injustifiable devient la norme, la démesure triomphe.

Même si son action se déroule en 1905, *Les Justes*, tout comme *L'Homme révolté* et *La Peste*, interrogent ces meurtres de masse, ainsi que l'hypocrisie des valeurs des hommes de pouvoir qui les ordonnent. C'est en ce sens que Kaliayev dit à la grande-duchesse à la fin de l'acte IV : « Il y a quelque chose de plus abject encore que d'être un criminel, c'est de forcer au crime celui qui n'est pas fait pour lui. Regardez-moi. Je vous jure que je n'étais pas fait pour tuer. » (p. 66)

Camus voit très tôt dans la mort « le plus grand scandale de la création ». Dans un article paru dans *L'Express* le 28 octobre 1955, il écrit : « Telle est sans doute la loi de l'histoire. Quand l'opprimé prend les armes au nom de la justice, il fait un pas sur la terre de l'injustice. » Ainsi, celui qui tue, même en se sacrifiant au nom de grandes valeurs, ne fait pas disparaître l'injustice et en engendre une nouvelle. Lorsque le père Florenski lui présente le crucifix, Kaliayev refuse de l'embrasser et déclare : « Je vous ai déjà dit que j'en ai fini avec la vie et que je suis en règle avec la mort. » (p. 78) En règle avec la mort, en règle avec le cours des choses, en règle avec ce pouvoir de mort qu'est l'histoire, Kaliayev assume malgré lui que son geste ne dérègle pas le cours du monde et, par là même, que la Révolution qui vient, en partie grâce à lui, n'est pas la sienne. Si le suicide est caractérisé comme absurde dans *Le Mythe de Sisyphe*, Camus voit dans ces attentats contre le despotisme quelque chose comme un suicide supérieur qui, malgré tout, ne peut rétablir la justice. Cercle vicieux de la nuit de l'histoire ?

DIFFÉRENCES ENTRE ASPIRER À LA RÉVOLUTION ET DEVENIR RÉVOLUTIONNAIRE

Parmi les innombrables questions que soulève *Les Justes*, et plus particulièrement le clivage entre Stepan et Kaliayev, il y en a une qui résume assez fidèlement la pièce : est-il possible d'aspirer à la révolution et d'être dans le même temps révolutionnaire ?

Comme l'expose avec élégance le philosophe français Gilles Deleuze (1925-1995) dans son excellent ouvrage *Dialogues*, il y a des mondes entre vouloir faire la révolution et être révolutionnaire, et il est pour le moins difficile, voire impossible, d'habiter ces deux positions. Vouloir faire la révolution est au pire une posture, au mieux un positionnement, alors que devenir révolutionnaire est un processus et concerne tous les moments de la vie. En bon lecteur de Camus, Deleuze pose le principe que pour faire la révolution, il s'agit de contester sans cesse le réseau de pouvoirs, de s'en imprégner sans limites pour essayer de le démettre, et ce au risque de le faire exister plus qu'il n'agit, de confondre les moyens avec les fins, autrement dit au risque de faire passer l'efficacité avant l'éthique et, par conséquent, d'user des mêmes moyens que lui.

C'est exactement la posture qu'adopte Stepan lors du premier acte : « Nous ne sommes pas là pour admirer, nous sommes là pour réussir » (p. 23). Si faire la révolution, c'est, selon Marx (théoricien du socialisme et révolutionnaire allemand, 1818-1883), bouleverser radicalement toutes les conditions d'existence et toutes les structures sociales, et « changer la vie » au sens de Rimbaud (poète, 1854-1891), il est aisé d'entendre que renverser un pouvoir – le prendre – en usant des mêmes gestes, discours et stratégies que lui, ne le fait pas disparaître et ne correspond en rien à la définition rimbaldienne ou marxiste. D'où le drame des faiseurs de révolution ou des partis croyant la faire qui, le plus souvent, reproduisent ce qu'ils s'étaient promis de combattre et deviennent des micro-États. En atteste cette réplique de Stepan à Annenkov : « La bombe seule est révolutionnaire. » (p. 16)

Il est évident que Camus ne supporte aucune forme d'autoritarisme, aucun parti, et considère, comme Yanek, la poésie comme révolutionnaire. C'est là un immense point de désaccord entre Stepan et Kaliayev, et ce dès le premier acte. Stepan affirme que la Suisse est elle aussi un bagne, assertion qu'il explique en prononçant ces quelques mots : « La liberté est un bagne aussi longtemps qu'un seul homme est asservi sur la terre. » (p. 14) Cette conception du monde empêche le personnage non seulement de percevoir les différentes formes de poésie, que ce soit dans les gestes d'un enfant ou dans un poème de Baudelaire, mais le conduit même à nier son existence, impossible sans liberté : « Je n'aime pas la vie, j'aime la justice qui est au-dessus de la vie. » (p. 23)

Yanek porte quant à lui, implicitement, la maxime opposée dans chacune de ses phrases, dans chacun de ses gestes : pour lui, il suffit d'un seul homme libre pour prouver que la liberté existe. Et si celle-ci se manifeste naturellement chez certains enfants ou chez les animaux non domestiqués, elle est le plus souvent à conquérir pour les hommes. Devenir révolutionnaire, c'est toujours devenir minoritaire, autrement dit remettre en cause les codes et les symboles dominants, c'est contester tous les rôles donnés et toutes les hiérarchies établies pour donner du pouvoir à ceux qui n'en ont pas ou ne sont pas destinés à en avoir. C'est, ainsi, déplacer les lieux et les gestes de la politique loin des parlements et des sénats où elle est censée s'organiser. Il s'agit, selon le philosophe Jacques Rancière (né en 1940 et lui-même inspiré par Deleuze), de reconfigurer la cartographie du pouvoir, partager autrement les parts, pour que les « sans-part » aient droit à la parole et à quelque influence tant sur leur milieu que sur leur destinée.

Si Kaliayev aime la vie, on pourrait même dire qu'il fait tout par amour de la vie. Pourquoi, dès lors, se sacrifie-t-il ? « Mourir pour l'idée, c'est la seule façon d'être à la hauteur de l'idée.

C'est la justification. » (p. 26) Certes, il semble se sacrifier parce qu'il ne peut justifier autrement l'assassinat. Mais quand il dit « mourir pour l'idée », évoque-t-il sa propre idée de la justice ou bien celle que l'Organisation se fait de la révolution ? Est-ce ce processus du « devenir ré-volutionnaire » qui le conduit à l'échafaud ou ce qu'il reste en lui de volonté de faire la révolution, sa fragile ligne commune avec Stepan ?

L'INCOMPATIBILITÉ ENTRE LA RÉVOLUTION ET L'AMOUR

Mais *Les Justes* est aussi une histoire d'amour, ou plutôt celle d'un amour impossible entre Dora et Kaliayev. Le thème est présent dès les deux premiers actes (lors de deux dialogues privilégiés entre les amoureux), mais c'est dans l'acte III qu'il est pleinement assumé et dans l'acte V qu'il s'accomplit, bien entendu en tant qu'irréalisable. En effet, chaque fois que l'un des protagonistes transmet sa flamme à l'autre, il la désamorce l'instant d'après, et ce avec la même conviction, à savoir que l'amour n'est pas pour les justes, que leur combat politique ne le leur permet pas. En attestent ces propos de Dora qui prennent presque l'allure d'aphorismes : « Ceux qui aiment la justice n'ont pas droit à l'amour » (p. 47) ; « Il faut du temps pour aimer. Nous avons à peine assez de temps pour la justice. » (p. 51)

Le dernier acte, en ce sens, est bien plus proche de la fin d'une histoire d'amour que d'un drame politique. Anéantie par la mort de Yanek, Dora désire se jeter à corps perdu dans l'action terroriste. Après avoir prononcé cette phrase dont la beauté n'égale que le mystère : « Nous voilà condamnés à être plus grands que nous-mêmes » (p. 75), elle fait une dernière requête à son chef, qui clôt définitivement la pièce :

> « Dora : Boria, es-tu mon frère ?
> Annenkov : Oui.
> Dora : Alors, fais cela pour moi. Donne-moi la bombe. Oui, la prochaine fois. Je veux la lancer. Je veux être la première à la lancer.
> Annenkov : Tu sais bien que nous ne voulons pas de femmes au premier rang.
> Dora, dans un cri : Suis-je une femme maintenant ? » (p. 80)

Ce cri de détresse traduit bien à quel point la lutte révolutionnaire oblige à renoncer à tout, jusqu'à sa propre identité, et détruit la part de poésie qui existe en chacun.

STYLE ET ÉCRITURE

UN STYLE ÉPURÉ

Le style de la pièce est sec, sobre, dépouillé. Le langage est direct, les personnages cherchent à dire la vérité le plus rapidement possible. Il n'y a, par ailleurs, pas de découpage en scènes au sein des actes, sans doute pour densifier l'action en évitant de la morceler et, de ce fait, renforcer la consistance du huis clos tout en soulignant la puissance de ce qui se déroule sur scène. Par ce choix de structure, Camus décide de ne pas séparer toutes ces positions amicales désordonnées, voire opposées, qu'incarnent les différents protagonistes, ce qui permet d'insister sur les hésitations qui les assaillent (à l'exception de

Stepan). Celles-ci ne se résolvent jamais à l'acte suivant mais, au contraire, deviennent de plus en plus pesantes au fil de la pièce, comme toutes les questions qui sont soulevées concernant la légitimité de l'action terroriste et dont la plupart restent sans réponse, même après la pendaison de Kaliayev.

Ce style dépouillé se retrouve jusque dans les didascalies, rares et se résumant à l'essentiel, ainsi que l'absence d'indications de mise en scène, tant au niveau des personnages que du décor. Celui-ci est d'ailleurs réduit au strict minimum par les mentions « l'appartement » (p. 13) ou « un autre appartement, mais de même style » (p. 70), sans désignation spécifique, ni localisation précise. Ce choix a deux fonctions : d'une part, il permet une identification plus facile entre passé et présent ; d'autre part, s'il traduit l'aspect clandestin et secret de l'action (seule « la Tour Pougatchev à la prison Boutirki » (p. 54) est nommée), l'efface-ment du décor semble aussi renforcer la solitude des personnages qui sont surtout aux prises avec eux-mêmes et la difficulté d'être ce qu'ils sont, à savoir des terroristes qui s'interrogent sur leurs actes.

Camus affirme d'emblée que sa pièce s'inspire de faits réels, mais souligne que « ceci ne veut pas dire [...] que *Les Justes* soit une pièce historique ». Si le genre de la pièce est d'ailleurs considéré par beaucoup comme un drame politique, à l'instar des *Mains sales* de Sartre, l'œuvre de Camus retrouve aussi, toutefois, la consistance de la tragédie. Si cette forme théâtrale apparaît dans la Grèce antique et concerne, le plus souvent, des êtres de classe sociale élevée, que ce soit chez des dramaturges comme Eschyle (525-456 av. J.-C.), et ultérieurement chez Shakespeare (1564-1616) ou chez Racine (1639-1699) et Corneille (1606-1684), elle met en jeu la destinée de ses protagonistes à travers des actions inspirant la terreur ou la pitié, actions guidées par la morale et la pensée, et menacées par les jugements de Dieu (ou des dieux dans l'Antiquité), ainsi que des autres protagonistes.

Comment, à partir de là, pouvons-nous considérer *Les Justes* comme une tragédie ? Tout d'abord parce qu'elle comporte une action principale (l'assassinat du grand-duc Serge) et se déroule en cinq actes, ainsi que la plupart des tragédies traditionnelles. Comme dans le théâtre classique, les événements ne sont pas directement vécus, ils sont racontés, et personne ne meurt sur scène. Ce style qui ne dit que ce qu'il faut, cette justesse qui consiste à éviter le mot ou la scène en trop (la figure de style la plus courante est par conséquent, comme chez les grands dramaturges et cinéastes, l'ellipse), permettent d'augmenter le climat de tension et ce, principalement grâce à la puissance des silences, de l'implicite, mais aussi grâce à l'unité de ton qui rend plus crédible le climat de froideur et de clandestinité de ce huis clos.

Dès le premier acte, style, atmosphère et silence annoncent que les protagonistes vivent pour la mort et cherchent la vie dans la mort. N'importe quel lecteur perçoit d'emblée cette volonté commune de sacrifice, cette capacité à s'oublier soi-même pour lutter contre l'injustice. Par là même, cette pièce nous concerne, simplement parce que nous sommes tous victimes d'injustices et que nous manquons parfois de courage pour les affronter. Sans doute est-ce là la principale réussite de la pièce, ainsi qu'un des seuls moyens pour réactualiser le genre. Même si les cieux sont vides, Camus réussit, en nous contant l'histoire funeste de révolutionnaires, à nous impliquer, non pas tant parce qu'ils se rebellent contre l'ordre établi, mais bien plutôt parce que leurs tourments éthiques et sentimentaux sont universels. À travers eux, il déploie la complexité de tout choix politique et métaphysique. Ses personnages sont courageux et luttent contre ce qui les opprime, en faveur de la Justice, leur dieu défaillant. Leurs décisions leur imposent non seulement une fin, mais une vie tragique – la mort dans la vie et l'amour dans la mort.

La fatalité est par ailleurs bel et bien présente, bien que ce soient les personnages eux-mêmes qui semblent dessiner leur destin par leurs choix. Kaliayev ne voit qu'une issue, la mort, pour garder sa dignité, tandis que Dora décide de suivre peu après le même chemin. Mais ces révolutionnaires prêts à donner leur vie pour leurs convictions sont-ils réellement libres, et la fatalité n'est-elle pas plutôt inhérente à la cause qu'ils défendent ? C'est d'ailleurs ce que laisse entendre Dora dans l'acte V, lorsqu'elle déclare au sujet de Yanek qui a accompli l'attentat : « Notre règle est de tuer, rien de plus. Maintenant, il est libre, il est libre enfin. » (p. 71)

UNE STRUCTURE SIGNIFIANTE ET SYMBOLIQUE

Comme dans la plupart des tragédies, les cinq actes de la pièce de Camus s'organisent selon certains codes :

- le premier acte expose le caractère et les intentions des principaux personnages, ainsi que le cadre ; ici, les cinq résistants socialistes confinés dans l'appartement ;
- le second introduit l'élément perturbateur, à savoir la « péripétie » telle que l'appelle Aristote (philosophe et théoricien, 384-322 avant J.-C.) dans sa *Poétique*, ce qui est représenté dans la pièce de Camus par l'échec de Kaliayev et toutes les questions qu'il suscite ;
- le troisième acte correspond au nœud de l'action, point d'acmé de la tension dramatique, et voit les protagonistes chercher une issue au drame (ici, la deuxième tentative d'assassinat) ;
- le quatrième voit l'action approcher de son dénouement, les destins s'éclaircir ; le grand-duc

est mort, Kaliayev a accompli sa mission et le rejoindra bientôt ;

- le dernier acte présente la fin, le plus souvent funeste, d'un ou de plusieurs personnages. Dans *Les Justes*, l'échafaud pour Kaliayev et la promesse de Dora de le rejoindre rapidement, la pièce s'achevant sur sa décision de poser la prochaine bombe.

Si les trois premiers actes se caractérisent par une unité forte reflétée par un cadre spatial similaire et la présence des mêmes personnages, il en est autrement pour les deux derniers actes. Du point de vue de l'action, ils correspondent aux conséquences de l'assassinat du grand-duc, tant du point de vue idéologique que du point de vue humain, et révèlent une rupture par rapport au début de la pièce.

- L'acte IV nous plonge dans un environnement totalement différent, celui de la prison où est incarcéré Yanek. Par son passage à l'acte, il a franchi une étape dans son engagement révolutionnaire. Ce franchissement l'amène tout naturellement à être confronté, seul, au regard que portent les autres sur ce qu'il a accompli, et ce dans trois face-à-face déterminants qui prennent l'allure de trois jugements :

- le jugement du peuple avec Foka, indifférent et sans reconnaissance à l'égard du sacrifice accompli par Kaliayev ;
- le jugement au regard de la loi, avec le policier qui l'incite à dénoncer ses complices ;
- le jugement divin au travers de la grande-duchesse qui invoque Dieu et met Yanek face à lui-même.

• L'acte V marque aussi cette rupture au sein, cette fois, de l'Organisation. Le groupe, qui a investi un nouvel appartement et se délite de façon croissante depuis le début de la pièce, continue à se fragmenter : amputé d'un membre, Yanek ayant été exécuté, il s'apprête à en perdre un second en la personne de Dora. Les répercussions de l'action terroriste vont donc bien au-delà de l'assassinat du grand-duc en tant que symbole d'une lutte sociopolitique, puisqu'elle dévaste jusqu'à ceux qui en sont à l'origine.

LA RÉCEPTION DE L'ŒUVRE

LES PREMIÈRES REPRÉSENTATIONS DE LA PIÈCE

La première représentation des *Justes* a lieu au théâtre Hébertot, à Paris, le 15 décembre 1949. La mise en scène de Paul Œttly (1890-1959) est le résultat d'un profond travail d'équipe impliquant tant Camus que ses principaux acteurs :

- Maria Casarès (1922-1996), l'actrice renommée qui s'est illustrée, entre autres, en 1945 dans *Les Enfants du paradis* de Marcel Carné (cinéaste, 1906-1996) et vient de tourner *Orphée* de Jean Cocteau (écrivain et metteur en scène, 1889-1963) ;
- Michel Bouquet (1925-2011), comédien qui commence à se faire une notoriété après avoir travaillé pour des metteurs en scène comme Jean Vilar (1912-1971) ou André Barsacq (1906-1973), et qui jouera plus tard pour des cinéastes prestigieux tels qu'Abel Gance (1889-1981),

Henri-Georges Clouzot (1907-1977) et François Truffaut (1932-1984) ;
• Serge Reggiani (1922-2004) qui a alors déjà joué pour Marcel Carné et sera bientôt sollicité par d'autres cinéastes, comme Jean-Pierre Melville (1917-1973) et Max Ophüls (1902-1957).

Ainsi que le raconte Serge Reggiani dans son livre *Dernier courrier avant la nuit* (1995), Camus reste au fond de la salle lors des répétitions, sans intervenir. Face au texte des *Justes* et à son rôle – celui de Yanek –, le comédien se sent démuni, mal à l'aise, et peine à incarner son personnage de révolutionnaire, destiné à l'origine à être joué par le grand Gérard Philipe (acteur, 1922-1959). Face à Maria Casarès et Michel Bouquet, il se trouve foncièrement mauvais, point sur lequel l'auteur lui-même le rassurera dans une lettre qu'il lui adressera quelque temps plus tard : « Grâce à vous, Kaliayev est devenu vivant aux yeux d'un public peu préparé pourtant à admettre ce type d'homme. »

Camus aime particulièrement le théâtre parce qu'il est l'art le plus populaire pour son esprit de collectivité, qui ne se manifeste pas spécialement lors de la représentation, mais surtout en amont, lors des répétitions, processus au cours duquel chacun découvre des choses sur lui-même. Son maître, Jacques Copeau (1879-1949), créateur du théâtre du Vieux-Colombier, lui apprend à refuser la psychologie, mais aussi les facilités de l'intrigue. C'est pourquoi Camus n'impose pas à ses comédiens leur jeu :

> « Plutôt que de proposer un ton ou une manière de dire la réplique, Camus parlait du person-nage et procédait par lectures successives (une première commentée autour d'une table, suivie d'une seconde sur scène où chacun prenait possession du rôle). Il complétait le texte avec des documents (photos pour *Les Justes*) ou des témoignages, n'hésitant pas à laisser l'acteur changer une réplique. » (DOUDET (Sophie), « Le Texte en perspective », in *Les Justes*, p. 112)

Si Camus parle d'un demi-succès quant à la réception de son œuvre, c'est sans doute parce que la plupart des critiques ne comprennent pas la multiplicité de sens des *Justes*, reprochant no-tamment à la pièce de mêler une histoire d'amour à un drame politique. Cela nous rappelle avant tout que le public parisien de 1950 n'est plus ha-bitué aux tragédies, où il en va de tout le destin d'un être et de toutes les facettes de sa vie. Quant à l'affluence, après des débuts prometteurs, la salle n'est apparemment plus qu'à moitié pleine après deux mois de représentations.

DU PUBLIC AUX SPÉCIALISTES, UNE RÉCEPTION VARIÉE

Comme toutes les grandes œuvres, *Les Justes* a l'avantage de présenter plusieurs niveaux de lecture, ce qui implique, bien entendu, une réception très diversifiée. S'il s'agit assurément d'une pièce engagée, il ne s'agit pas pour autant d'une pièce à thèse : Camus y pose plus de questions, y dessine plus d'impasses qu'il n'y offre de réponses.

Une partie du public français apprécie la pièce, sans doute parce qu'il y voit un rappel de la Résistance. En effet, « pour les forces d'occupation allemande et les collaborateurs de Vichy, les résistants n'étaient que des terroristes qu'il fallait écraser. Leur ombre se projette sur les personnages des *Justes* créés par un écrivain qui s'engagea lui-même dans la lutte clandestine et y perdit beaucoup de ses compagnons » (DOUDET (Sophie), « Le texte en perspective », in *Les Justes*, p. 99).

La réception de l'œuvre de la part des intellec-tuels est, quant à elle, plus mitigée : « On lui re-procha tour à tour un théâtre d'idées, un langage trop écrit, un dépouillement excessif. » (*Ibid.*, p. 111) Si les autres penseurs de l'absurde, Ionesco (dramaturge, 1909-1994) et Beckett (romancier et dramaturge, 1906-1989), aiment la pièce, ce n'est pas le cas de Sartre et des surréalistes qui y voient trop d'ambiguïté dans le dessein des révolutionnaires et considèrent que Camus peint une révolte statique. Les personnages des *Justes*, selon Sartre, ne sont que des anarchistes sans perspective, alors que ceux des *Mains sales* pensent sérieusement la question du pouvoir.

CAMUS AU SUJET DES *JUSTES*

On ne s'intéresse pas assez souvent à la réception de l'œuvre du point de vue de l'auteur lui-même. En 1955, Camus tient à préciser qu'il « admire » et qu'il « aime » toujours ses deux héros, Kaliayev et Dora. Il les considère comme exemplaires et ils le resteront toujours à ses yeux. Même si, vieillissant, il s'éloigne de plus en plus des actions politiques violentes, pratiquement bien sûr, mais aussi théoriquement, il continue à voir *Les Justes* comme une œuvre porteuse d'espoir malgré ses thèmes principaux.

Côtoyant René Char sur la fin de sa vie, Camus écrit de plus en plus de prose poétique et semble par-là se rapprocher, les armes et le sacrifice en moins (il dit dans ses *Carnets* : « Une vie donnée ne vaut pas une vie ravie »), du héros de sa pièce, Kaliayev. Comme lui, il semble considérer que la poésie est révolutionnaire. En atteste cet extrait du poème « Pour Némésis », publié dans ses *Œuvres complètes* :

> « Cheval noir, cheval blanc, une seule main d'homme maîtrise les deux fureurs. À tombeau ouvert, joyeuse est la course. La vérité ment, la franchise dissimule. Cache-toi dans la lumière.
> Le monde t'emplit et tu es vide : plénitude. [...]
> Celui qui refuse se choisit, qui convoite se préfère. Ne demande ni nerefuse. Accepte pour renoncer.
> Les flammes de la glace couronnent les jours ; dors dans l'immobile incendie. »
> (CAMUS (Albert), *Œuvres complètes*, tome IV, p. 1304)

En insistant autant sur des forces contraires par le jeu des antithèses et oxymores (« vide/

plénitude », « vérité/ment », « accepte/pour renoncer », « flammes/glace »), Camus va plus loin que Yanek et exprime, entre les lignes, que tout est mouvement (seul est « immobile l'incendie »), qu'aucune opposition n'empêche la vie, que seule une vision poétique du monde est révolutionnaire. Aussi, quand il écrit « dors dans l'immobile incendie », il sous-entend sans doute que l'histoire continuera à faire des victimes innocentes, que la terreur et l'injustice ne disparaîtront pas, mais que le poète, en dormant ou en veillant, sera toujours capable de beauté parce que, quoi qu'il arrive, son imagination restera toujours libre.

Votre avis nous intéresse !
Laissez un commentaire sur le site de votre librairie en ligne
et partagez vos coups de cœur sur les réseaux sociaux !

BIBLIOGRAPHIE

SOURCES BIBLIOGRAPHIQUES

- BLANCHOT (Maurice), *L'Entretien infini*, Paris, Gallimard, 1969.

- CAMUS (Albert), *Discours de Suède (discours de réception du prix Nobel de littérature)*, Stockholm, 10 décembre 1957, in Nobelprize.org, consulté le 12 avril 2017. http://www.nobelprize.org/nobel_prizes/literature/laureates/1957/camus-speech-f.html

- CAMUS (Albert), *La Chute*, Paris, Gallimard, coll. « Folioplus classiques », 1997.

- CAMUS (Albert), *La Peste*, Paris, Gallimard, coll. « Folioplus classiques », 2008.

- CAMUS (Albert), *Le Mythe de Sisyphe*, Paris, Gallimard, 1962.

- CAMUS (Albert), *Les Justes*, Paris, Gallimard, coll. « Folioplus classiques », 2010.

- CAMUS (Albert), *L'Homme révolté*, Paris, Gallimard, coll. « Folioplus classiques », 1985.

- CAMUS (Albert), *Œuvres complètes*, tome II, Paris, Gallimard, coll. « Bibliothèque de la Pléiade », 2006.

- CAMUS (Albert), *Œuvres complètes*, tome IV, Paris, Gallimard, coll. « Bibliothèque de la Pléiade », 2008.

- DOUDET (Sophie), « Le Texte en perspective », in *Les Justes*, Paris, Gallimard, coll. « Folioplus classiques », 2010.

- RANCIÈRE (Jacques), *Le Partage du sensible*, Paris, La Fabrique Éditions, 2000.

SOURCES COMPLÉMENTAIRES

- CAMUS (Albert) et CHAR (René), *Correspondance*, Paris, Gallimard, 2007.

- GRENIER (Roger), *Albert Camus, soleil et ombre*, Paris, Gallimard, 1987.

- IONESCO (Eugène), *Notes et Contre-Notes*, Paris, Gallimard, 1962.

- KOUCHKINE (Eugène), « Les Justes », in *Études-camusiennes.fr*, consulté le 25 avril 2017. http://www.etudes-camusiennes.fr/wordpress/

- ONFRAY (Michel), *L'Ordre libertaire — La Vie philosophique d'Albert Camus*, Paris, Flammarion, 2011.

- RANCIÈRE (Jacques), *La Nuit des prolétaires — Archives du rêve ouvrier*, Paris, Fayard/Pluriel, 2012.

- SPIQUEL (Agnès), « Camus fin 1959 : entre les Carnets et la seconde partie du Premier Homme »,

Conférence des Journées de Lourmarin 2015, mise en ligne le 24 octobre 2015. https://www.youtube.com/watch?v=Xkyr7C_yucQ

- TODD (Olivier), *Albert Camus, une vie*, Paris, Gallimard, 1996.

QUELQUES MISES EN SCÈNE

- *Les Justes*, mise en scène de Paul Œttly, avec Serge Reggiani (Kaliayev) et Maria Casarès (Dora), théâtre Hébertot (Paris), 1949.

- *Les Justes*, mise en scène de Guy-Pierre Couleau, avec Anne le Guernec (Dora) et Frédéric Cherbœuf (Kaliayev), théâtre La Passerelle (Gap), 2007. http://lycees.ac-rouen.fr/fontenelles/spip_fontenelles/IMG/pdf/camus.pdf

- *Les Justes*, mise en scène de Mehdi Dehbi, avec Sumaya Al-Attia et Husam Alazza, théâtre de Liège, 2013. http://theatredeliege.be/wp-content/uploads/2014/11/Cahier_pedagogique_Les_Justes.pdf

SOURCES ICONOGRAPHIQUES

- Albert Camus en 1957. La photo reproduite est réputée libre de droits.

- Photographie du véritable Ivan Platonovitch Kaliayev (1877-1905) lors de son arrestation. La photo reproduite est réputée libre de droits.

L'éditeur veille à la fiabilité des informations publiées, lesquelles ne pourraient toutefois engager sa responsabilité.

www.profil-litteraire.fr

Éditeur responsable : Lemaitre Publishing
Avenue de la Couronne 159 | BE-1050 Bruxelles
info@lemaitre-editions.com

ISBN ebook : 978-2-8062-7564-6
ISBN papier : 978-2-8062-7565-3
Dépôt légal : D/2018/12603/171
Couverture : © Lisiane Detaille.

Conception numérique : Primento,
le partenaire numérique des éditeurs.